AF384783

CONFESSION

D'UN

PHILOSOPHE.

Ut me malus abstulit error !
VIRG. Ecl. VIII.

A AMSTERDAM;

Et se trouve A PARIS,

Chez COLAS, Libraire, place de Sorbonne.

M. DCC. LXXIV.

CONFESSION
D'UN PHILOSOPHE.

To i qui nous fais naître & mourir,
Maître abſolu de la nature,
Seul eſpoir de ta créature,
Qui ne veux pas la voir périr,
Témoin des tourmens que j'endure,
Grand Dieu ! daigne me ſecourir !
Le jour ne m'offre plus que des clartés funèbres;
L'avenir à mes yeux ouvre un ordre nouveau;
Je vois, dans le plus vrai tableau,
Mille blaſphémateurs célèbres
Maudiſſant devant toi leur funeſte bandeau :
Mais puiſque ton divin flambeau
Vient de mon cœur ſéduit diſſiper les ténèbres,
Qu'il me guide vers le tombeau !
Quand j'eus perdu mon innocence,
Lorſque le monde enivroit mes deſirs
Du faux éclat de ſa magnificence
Et du poiſon de ſes plaiſirs,
Pour m'étourdir ſur ma licence,
Et pour laiſſer un libre cours

A ij

Aux accès de ma pétulance,
Nos Sages furent mon recours ;
Et je livrai ma confiance
A ces oracles de nos jours,
Organes de l'erreur que foutient l'arrogance,
Qui de leurs ténébreux détours,
De ton Être palpable attaquent l'exiftence.
Je triomphois, muni d'un tel fecours ;
L'intérêt de mes fens dicta feul ma croyance ;
Et ma facrilege démence
Empoifonna tous mes difcours.
Je donnois à mon cœur un pouvoir defpotique ;
Je déteftois le joug de toute autorité :
Apôtre de la liberté,
De mon impudence cynique
Je tirois même vanité ;
Et je cherchois un bonheur fantaftique
Dans le fein de la volupté.
L'ordre de l'univers, fa régularité,
Sa fplendeur, image authentique
De ton pouvoir, de ton immenfité,
Loin de me pénétrer de ta divinité
Par fon fpectacle magnifique,
Excitoient ma témérité,
Confirmoient ma fécurité,
De mon orgueil philofophique
Entretenoient l'activité,
Et n'offroient à mon œil phyfique
Qu'un tout indépendant de toute volonté,
Mu fans deffein par fa force *énergique*,

Et l'effet éternel de la nécessité.

Ainsi, toujours coupable, & toujours emporté
Par mon délire frénétique,
J'osois donner le nom de politique
A ton auguste vérité ;
Je renonçois à l'immortalité,
Et mon plaisir présent étoit mon bien unique.
Pour étayer ce dogme séducteur,
De ma raison la lumiere incertaine
Venoit se joindre à la voix de mon cœur ;
Et je me figurois sans peine
Qu'on ne pouvoit se faire honneur
Ni s'illustrer près de l'espèce humaine,
Qu'en méconnoissant son Auteur.
Être éternel ! Être suprême !
Heureux qui sous ton joug s'accoutume à plier !
Un sage prétendu, dans son orgueil extrême,
Rarement devant toi songe à s'humilier,
Et revient d'une erreur qu'il aime :
Quand on n'est plein que de soi-même,
Qu'il est aisé de t'oublier !
Sois moins mon juge que mon pere,
Dieu puissant ! Sur mon sort fais tomber tes regards ;
Vois mes pleurs ; &, sensible à ma douleur amère,
Reçois ici l'aveu sincère
De mes forfaits, de mes écarts.
Oui, sans remords & sans inquiétude,
(Que ne puis-je le dire au pied de tes autels !)
La plus constante ingratitude
Repoussa tes soins paternels ;

Des plaisirs les plus criminels
Mes sens formèrent l'habitude ;
Et jamais des biens éternels
Mon cœur ne fit la moindre étude.
Je l'éprouvai, grand Dieu ! l'homme, sans ton secours,
N'est qu'un vil composé de vice & de folie.
Corrompu dans mes mœurs & vain dans mes discours,
Je livrai ma raison à ma fière manie,
Et laissai mon esprit errer dans ses détours :
Aux biens que m'eût fournis ta puissance infinie
J'eusse rougi d'avoir recours ;
Et l'ingrate philosophie,
Loin de régler mes tristes jours,
Loin d'appaiser ma frénésie,
Sembloit de mes excès favoriser le cours,
Et fomenter leur tyrannie.
De ce comble d'horreur faudra-t-il s'étonner ?
Je fus membre d'un Corps impie
Que je ne cessois de prôner ;
Dont la gloire n'est établie
Que sur des mots qu'il prend soin de donner ;
Qui, dans sa sphère rétrécie,
Croit que l'essor d'un sublime génie
Jusques aux cieux va l'entraîner ;
Et qui, par des raisons qu'on s'efforce d'orner,
Aux plaisirs bas de cette vie
Ne rougit point de se borner.
Corps, vrai séjour de la pédanterie ;
Où l'art étale avec fierté
Le clinquant de sa broderie

Sur la pompeuse draperie
Dont on revêt la fausseté :
Corps, où souvent de l'immortalité
Par la plus triste mort l'espérance est ravie :
        Corps, où l'orgueil se fortifie,
        Où se masque l'impiété,
        Où se guinde l'afféterie,
        Où se pare l'absurdité,
        Où la suffisance est nourrie,
        Où s'aigrit la rivalité,
        Où se ronge la jalousie :
        Corps, où brille l'obscurité ;
        D'où la noble simplicité
        De la nature qu'on renie,
Par arrêt de l'orgueil, semble à jamais bannie ;
        Où la boursouflure est beauté ;
        Où le phébus est majesté ;
        Où l'esprit est vaine manie ;
        Où la raison est nullité,
        Le travail inutilité,
        Et le savoir impéritie :
Raisonneurs dont l'essence est de déraisonner ;
Qui des efforts humains éprouvant l'impuissance,
        Veulent prouver, malgré l'inconséquence,
Qu'aux soins de la raison on doit s'abandonner ;
Qui soufflent sourdement l'esprit d'indépendance ;
Qui nous offrent des fleurs pour nous empoisonner,
Et se parent en vain de la fière assurance
        Que l'homme peut se gouverner
        Sans l'aide de ton influence.

A iv

QUAND mon talent fe fut développé,
Quand on jugea par ma pratique
Qu'avec le Corps philofophique
Je méritois d'être grouppé,
Quand j'obtins d'Efprit-fort le titre magnifique,
Du foufle de l'orgueil je fus foudain frappé;
J'imaginai voler au temple de mémoire;
Je crus voir l'univers, de moi feul occupé,
Contempler à genoux les rayons de ma gloire.
Tu fais, grand Dieu, combien je fus trompé!
FAUX éclat de la renommée,
Maudit efprit, fubtil poifon,
Funefte orgueil, vaine fumée,
Que vous offufquez la raifon!
DE nos graves élus ambitieux émule,
Bientôt du même efprit je me vis entiché;
J'héritai contre toi du zèle qui les brûle:
Plein du fyftême qui t'annulle,
J'y fentois chaque jour mon cœur plus attaché.
Mon principal mérite étoit d'être incrédule;
Et tu me fus auffi caché
Que mon fuperbe ridicule.
FIDÈLE à mes engagemens,
J'écoutois, j'admirois, j'imitois mes confréres.
Leurs doctes riens, leurs brillantes mifères
Nourriffoient mes égaremens:
Je méprifois tes fublimes myftères,
J'ofois braver tes jugemens,
Et je refpectois mes chimères.
NOUS formions un fénat de cenfeurs & de rois.

Pour proclamer un Grand dans l'empire des Lettres,
    Il fuffifoit de notre voix :
    Notre goût régloit notre choix;
    Et nous eftimions que les prêtres,
    Qu'avilifloient de vains emplois,
    Devoient trembler devant leurs maîtres,
    Et fubir humblement nos loix.
Nous voulions porter feuls le fceptre littéraire;
Notre orgueil n'en vit point de plus dignes que nous;
Et quand on s'avifa de prouver le contraire,
    Ce même orgueil, inquiet & jaloux,
    Fit tomber fur le téméraire
    Tout le poids de notre courroux.
Oui, quand on prétendoit nous difputer la gloire
    D'avoir raifon, même en déraifonnant,
    Nos mots, lâchés incontinent,
A l'ennemi furpris arrachoient la victoire.
Tu fais qu'un Efprit-fort n'eft qu'un vain impofteur
    Qui veut toujours s'en faire accroire :
    Le démafquer, démontrer fon erreur,
    C'eft l'outrager, c'eft verfer dans fon cœur
Le fiel le plus amer, la bile la plus noire :
    Il rougiroit de céder au vainqueur.
Il écrit ; le farcafme eft fon fel oratoire,
Et tous fes argumens font teints de fa fureur.
Nous devions, par devoir, abhorrer le vulgaire;
    Quoique fur le mal ou le bien
    Tout fentiment nous parût arbitraire,
    Nous devions rejeter le fien :
    Si le dogme Epicurien

Fût devenu le dogme populaire,
Nous eussions opiné pour celui du Chrétien.
Dans les accès de mon extravagance,
Je ne cessois de m'écrier :
« Quoi ! je moulerois ma croyance
» Sur celle d'un peuple grossier !
» Un homme de mon importance
» Au temple avec un sot, sans choix, sans préférence,
» Devant un Dieu viendroit s'humilier,
» Et témoigner sa dépendance !
» Non, à ce point je ne puis m'oublier.
» Le sage n'est plus rien quand sa morgue le quitte ;
» Il doit penser à part, & son plus grand mérite
» Est de paroître singulier.
» Laissons à la vile canaille
» Ses pénibles efforts pour faire son salut ;
» Le philosophe, qui s'en raille,
» N'a pour loi que l'orgueil, & le plaisir pour but »
Un nouveau genre de folie
Nous fit tenter le succès hasardeux
Du lourd projet d'une Encyclopédie ;
Et l'on nous vit, avidement soigneux,
Développer notre génie
Dans un livre volumineux,
Bouquin futur, énorme rapsodie,
Tas de discours plus vains que lumineux.
Tous les articles d'importance
Entroient dans le choix de nos mots ;
Nous donnions à remplir les mots sans conséquence :
Nous marchandions suivant les lots.

L'avidité toujours économife.
Qu'arriva-t-il de l'entreprife ?
Nous fûmes fervis par des fots ;
Tel prix & telle marchandife.
L'ouvrage fut le but de plus d'un quolibet ;
La dent du connoiffeur parut prompte à le mordre :
On publia qu'on n'y voyoit dans l'ordre
Que les lettres de l'alphabet.
Ainsi donc cet aréopage ,
Ces Sages, ces Platons, ces efprits tranfcendans,
N'étoient, grand Dieu ! qu'un affemblage
D'infenfés & de fiers pédans.
La vanité, dès ma tendre jeuneffe,
Vint m'unir à ce Corps par les plus chers liens :
De leurs crimes je me confeffe ;
J'étois fage de leur fageffe,
Et leurs écarts étoient les miens.
Je crus être l'oracle à qui l'on devoit croire,
Et le réformateur de l'univers entier,
Faifant l'Atlas fous le poids de ma gloire.
Je fus en raifonnant moins vrai que fingulier ;
Mais tout raifonnement n'eft que trop péremptoire,
S'il fe pare d'un ftyle altier.
Je fentois fermenter l'ame la plus hautaine ;
J'élevois fiérement la voix :
Du ton d'un Dieu j'ofai plus d'une fois
Apoftropher l'efpéce humaine ;
Et, par l'audace la plus vaine,
Je vantois mes écarts, & les donnois pour loix.
La hauteur de mon éloquence,

Mon nom feul, ma célébrité,
D'un lecteur prévenu gagnoient la bienveillance,
Et me valoient l'infaillibilité ;
Tout rendoit à ma majefté
La plus aveugle obéiffance.
Du haut de ma fière impudence,
Et d'un ton qui n'eut point d'égal,
J'appellois tous les yeux fur ma mince importance,
Et je montrois du doigt le digne piédeftal
Où je prétendois que la France
Erigeât le portrait de mon original.
Je fus, dans mes travers, toujours plein d'affurance ;
Contre un bienfaiteur même on me vit révolté,
Et j'expofai fon innocence
Aux vapeurs d'un foupçon baffement enfanté :
Je pris de mon humeur la vile effervefcence
Pour un noble accès de fierté ;
Et ce fut en manquant à la reconnoiffance,
Que je prouvai ma fenfibilité.
Un jour certain écrit révolta la Juftice :
Mais j'évitai l'arrêt fatal,
Et ma légéreté franchit le précipice.
Je comparus devant fon tribunal,
En criminel qu'attendoit le fupplice :
Alors, pour émouffer le glaive de fes loix,
Et pour répondre à fa fière demande,
Je lui promis, d'une tremblante voix,
D'être plus fage une autre fois,
Et j'avalai la réprimande.
Ainsi, dans fes écrits comme dans fes difcours,

La philofophique fequelle
Ne peut interrompre le cours
D'une inconféquence éternelle :
On fe dit Efprit-fort, & l'on tremble toujours.
QUEL aveuglement ! quel caprice !
Aux yeux de cet orgueil où le fage eft perché,
Cette frayeur devroit paffer pour vice ;
Cependant point d'Auteur qui n'en foit entiché.
On brave tout, tant qu'on refte caché :
Faut-il comparoître en Juftice ?
Pour la caufe commune on ne dit pas le mot ;
Adieu la force, adieu l'audace ;
Le plus ferme tombe auffitôt :
Tout notre feu fe tourne en glace,
Et le fage n'eft plus qu'un fot.
SI d'hiftoire, en courant, je traçois quelque efquiffe,
Je difpofois en maître & des faits & des mœurs ;
Je prodiguois, fans ombre de juftice,
Ou mes mépris ou mes faveurs ;
Je livrois tout à mon caprice.
Quand je peignis l'Eglife & fes docteurs,
La fauffeté, le dépit, la malice,
Me préparèrent les couleurs :
Leurs vertus, par mon art, prirent l'habit du vice,
Et l'ignorance habilla leur favoir ;
Tous mes foins ne tendoient qu'à flétrir leur mémoire
Et s'il fut hors de mon pouvoir
D'éteindre entiérement les rayons de leur gloire,
Je les couvris au moins d'une teinte de noir.
SOUVENT j'avois recours à mes turlupinades ;

J'infeĉtois mon leĉteur d'un burlefque poifon ;
Je l'amufois par d'indignes parades.
Quand on fait rire , on a toujours raifon.
Je fis le plus indigne ufage
De la raifon & de l'humanité :
Je pris leurs noms, ce mafque refpeĉté ;
J'en fis le plus vain étalage ;
Il me falloit leur éclat emprunté
Pour briller du titre de fage ;
J'en vins à bout : ce fier couple de mots ,
Cet heureux fon qui feul nous touche ,
En impofoit à quelques fots ,
Et ne fortoit que de ma bouche.
Je me livrai, dans maint écrit,
A l'effor d'une verve impure :
Je me plus à tracer l'énergique peinture
De ce vice groffier dont mon cœur fe nourrit,
Poifon brûlant dont le leĉteur s'enflamme ,
Gloire dont l'auteur fe flétrit.
Je m'avilis, je me rendis infame ,
Je fis horreur ; ma vanité s'en rit ,
Hardiment fûr qu'un bel efprit
L'emportoit fur une belle ame.
Je me crus né pour le plaifir :
Preffé par ma concupifcence ,
Je fus ardent à le faifir ;
Et parmi tous les biens que m'offroit ma puiffance ,
Ma raifon m'affuroit que je pouvois choifir.
Pour en hâter la jouiffance ,
Tout me fervoit, prière, aftuce, violence ;

Mon titre étoit dans mon defir.

Si la raifon tentoit de me faire comprendre
Qu'un cœur livré fans crainte à toute fon ardeur
N'eft qu'un tyran mafqué qui flatte, & qui n'engendre
   Que repentir, que chagrin, que douleur,
      Je crus la raifon dans l'erreur,
      Et ne voulus jamais me rendre :
Ce tas de malheureux qui vantent leur bonheur,
      Nos Sages, me faifoient entendre
Que l'efprit n'étoit fait que pour fervir le cœur.
J'ATTRIBUOIS aux fens mon ame toute entière :
Je crus devoir mon être & mon humanité
Aux grains organifés de certaine pouffière,
A la combinaifon, à la propriété
      De deux portions de matière ;
      L'une, vifible & plus groffière,
   Qui de mon corps formoit la denfité ;
      L'autre, par fa fubtilité,
   De la raifon fourniffoit la lumière,
Et l'efprit lui devoit fon élafticité.
L'HOMME devoit goûter les plaifirs de la vie
Tant que des deux agens l'étroite intimité
      En entretenoit l'harmonie,
Et que le grain fubtil, par fon activité,
   Du grain vifible animoit l'*inertie :*
      S'il s'échappoit par fa légéreté,
L'ame, ce réfultat de la fociété,
      Quoique phyfique, étoit évanouie ;
Et fa matière alors, fans être anéantie,
      Se perdoit dans l'immenfité.

Seul Auteur de toute exiſtence,
Qui remplis l'univers de ta divinité,
Quand tout dans la nature annonçoit ta préſence,
J'oppoſois conſtamment mon incrédulité,
Je m'aveuglois ſur l'évidence ;
Je me fis même honneur d'en être révolté ;
Et ce ſyſtême obſcur, qu'enfanta la démence,
Du jour même à mes yeux préſenta la clarté.
Tel étoit mon principe, & telle ma doctrine ;
Tels ſont nos graves Eſprits-forts :
Voilà les biens qu'on nous deſtine,
Voilà la clef de leurs tréſors.
Digne membre de leur cabale,
Grand Dieu ! des vapeurs qu'elle exhale
J'offuſquai mon eſprit, mon cœur & ma raiſon ;
Et je bus à longs traits ce perfide poiſon,
Ce doux nectar que leur morale
Se plaît à verſer à foiſon.
Juge abſurde & cruel de ta vérité ſainte,
J'en fis l'objet de mon dédain :
J'étois aveuglément certain
Qu'après la mort l'ame eſt éteinte ;
Et, ſans horreur pour mon néant prochain,
Du doute & du remords je repouſſois l'atteinte.
Un miracle à mes yeux ſe fût produit en vain ;
Des loix le pouvoir ſouverain
Pouvoit ſeul à mon cœur inſpirer quelque crainte,
Et je n'éprouvai de contrainte
Que celle du reſpect humain.
Oui, je craignois de braver l'infamie ;

Je

Je me privai souvent de mes plus doux plaisirs;
Et mon utile hypocrisie,
Sans rien prendre sur mes desirs,
Répandoit l'air chrétien sur ma superficie.
Mais le fidèle écho de ma philosophie,
Mon cœur, fit entendre sa voix
Contre une puissance ennemie
Qui de ces desirs même osoit borner le choix;
Et par ces mots répétés mille fois,
Il exprimoit sa frénésie :
« Puisse périr la tyrannie
» De nos impitoyables loix !
» Puisse enfin, parmi nous à jamais abolie;
» L'autorité, si fière de ses droits,
» Combler notre plus chère envie !
» Puissions-nous voir crouler le trône de nos rois !
» D'un peuple sottement tranquille
» Méprisons la timidité;
» Esclave patient, qu'il baisse un cou servile
» Sous le poids odieux d'un joug trop respecté.
» Laissons ces vils humains, nés pour la dépendance;
» Stupidement épris du mot de *Majesté*,
» De leur maître suprême admirer la puissance,
» Reconnoître à genoux sa légitimité,
» Et lui vouer une humble obéissance.
» Quelle fastueuse arrogance !
» Quelle lâche docilité !
» Notre horreur pour tout esclavage
» Doit aider nos penchans, doit chasser tout remords :
» Ce n'est qu'au véritable sage

B

» Que la philofophie ouvre fes vrais tréfors!

　　　» Heureux qui, pour en faire ufage ;

» Sait faire impunément triompher fes efforts !

» Comme notre bonheur doit être notre ouvrage ;

» Le mieux être poffible occupe tous mes foins :

» Je fens que le plaifir eft mon jufte partage ,

　　　» Et mes defirs annoncent mes befoins.

　　　» Je pourfuis donc tout ce qui peut me plaire ;

» Je borne mon bonheur à mes fens fatisfaits :

　　　Près d'un efprit que notre dogme éclaire ,

» Le cœur à la raifon n'en impofe jamais.

» Quoi que ce cœur demande , il faut le fatisfaire :

» Tout mon pouvoir enfin fe doit à mes fouhaits.

» Que l'efpoir des Chrétiens * qui domtent la nature ;

　　　» Ne foit que chimère à nos yeux !

» Que mille vains foupirs élancés vers les cieux

» Prouvent de ces béats l'intelligence obfcure !

　　　» Que le pinceau le plus audacieux

Trace de leurs Héros ** la plus vile peinture !

　　　» Un peuple fuperftitieux

Croit voir briller en eux la gloire la plus pure ;

　　　Que notre dépit furieux

　　　Dans la noirceur de l'impofture

　　　Plonge leur éclat odieux !

» Que le fier tribunal de la philofophie

» Dans ces Docteurs *** fameux de la fecte ennemie

» Ne trouve que des fots , & n'en excepte aucun !

» Laiffons tonner Pafcal, Boffuet, Abadie ;

* Les vrais Chrétiens.　　　*** Les Docteurs du Chriftianifme
** Leurs Saints.

» Craignons de voir leur mérite importun ;

» Reſtons glacés au feu de leur génie :

» Peut-on, ſans notre aveu, jouir du ſens commun ?

» Et le crédule Arnaud vaut-il un La Métrie ?

» Que l'Egliſe, en un mot, ſoit conſtamment flétrie !

» Que le triomphe ſera beau,

» Si jamais par nos ſoins elle eſt anéantie !

» Ce n'eſt qu'en impoſant le plus rude fardeau

» Que la cruelle, hélas ! s'eſt toujours agrandie !

» Uniſſons-nous contre ſa barbarie ;

» Pour la détruire, ôtons-lui ſon bandeau ;

» Et que ſur ſes débris *la Raiſon* établie,

» Puiſſe, à l'aide de ſon flambeau,

» Nous indiquer les plaiſirs de la vie,

» Et nous mener gaiement vers la nuit du tombeau !

» Puiſſe l'eſpèce humaine être enfin affranchie

» De ces fléaux divers de notre liberté !

» Troublons de la ſociété

» La trop diſſonnante harmonie ;

» A l'uniſſon montons l'humanité :

» Prêchons, prouvons l'égalité ;

» Et dans une heureuſe anarchie

» De nos libres excès cherchons l'impunité ».

Du François fidèle & tranquille

Je tâchois par ces mots d'altérer la douceur,

Et des flots impurs de ma bile

J'inondois à plaiſir ſa gloire & ſon bonheur.

Ainſi l'humeur me domina ſans ceſſe ;

J'euſſe voulu confondre tous les rangs.

Je ne voyois dans la Nobleſſe

Que de ridicules tyrans ;
Je cachois mon dépit fous le nom de fageffe ;
Et, piqué de voir ma baffeffe,
Je m'en vengeois contre les Grands.
TELLE eft la fublime fineffe
De tous ces fages prétendus ;
Pour affranchir toute l'efpèce ,
On veut égalifer tous les individus.
L'HOMME, dans la nature, eft à l'homme femblable ;
Auprès d'elle, un goujat ne vaut pas moins qu'un roi :
C'eft une vérité palpable.
Mais je ne favois pas pourquoi
L'homme à l'homme fouvent croit être préférable
Par la naiffance ou par l'emploi :
Je refufois de voir, au mépris de la foi,
Au mépris du bon fens dont tout homme eft capable ,
Que tout pouvoir eft refpectable,
Puifqu'il n'émane que de toi ;
Que parmi nous l'ordre eft indifpenfable ;
Qu'aux yeux d'un être raifonnable ,
Et fuivant la fuprême loi,
A la fociété chaque membre eft comptable ;
Que du bien qu'il omet tout homme eft refponfable ;
Et qu'il eft cenfé mort, s'il ne vit que pour foi.
Tout ce dogme à mon cœur parut infupportable ;
Toute puiffance y répandoit l'effroi.
Je ne goûtai jamais de plaifir véritable ;
Mes foins pour mon bonheur me rendoient miférable :
Je ne m'occupai que de moi,
Et je ne fus, grand Dieu ! qu'inutile ou coupable,

Du fystême odieux qu'il me plut de choifir,
Il étoit aifé de conclure
Que tous les biens offerts par la nature
Appartiennent de droit à qui peut s'en faifir.
Je frémis aujourd'hui des forfaits que j'étale.
Je prêchois l'athéifme, & j'eus des auditeurs.
J'errois, je me perdois dans un obfcur dédale ;
Mais je brillois : j'eus des admirateurs ;
J'enchantois mes adulateurs.
Par une vanité fatale,
Le vice triomphoit, couvert de quelques fleurs :
On abjuroit par moi ton culte & ta morale ;
Et, pour plaire à l'efprit, je corrompois les cœurs.
Je n'en voulois qu'à l'eftime des hommes.
Je connus leurs penchans & leur fragilité ;
Je favois la futilité
De l'efprit du fiècle où nous fommes ;
Je blafphémois par vanité.
Malgré les frais de ma logique,
Mon efprit, moins vrai qu'emphatique,
Fut moins convaincu que flatté ;
Et ma perfide politique,
Aux yeux d'un lecteur enchanté,
Sous l'éclat d'un ftyle énergique,
Fit refpecter l'abfurdité,
Trop sûr qu'auprès des fots le ton philofophique
Vaut l'effet de la vérité.
Oui, j'excitois d'éternelles extafes ;
Mon dogme affreux étaloit mille appas ;
Et la majefté de mes phrafes

B iij

Convainquoit des efprits qui ne m'entendoient pas;
A la Jeuneffe, à nous fuivre empreffée,
Troupeau nourri du lait de notre orgueil,
J'indiquois la route infenfée
Qui conduifoit à notre écueil.
AINSI donc pour briller, pour vaincre ou pour furprendre,
Je n'avois befoin que de mots :
Chaque jour je voyois s'étendre
Le bourdonnant effain de nos jeunes dévots;
Ces êtres végétans qu'anime l'impudence;
Qui ne fentent leur exiftence
Que par le choc des paffions
Dont on nourrit l'effervefcence;
Qui, guidés par l'indépendance,
Et féduits par l'orgueil de nos expreffions,
Ouvrent le cœur à la licence,
Et ferment à l'intelligence
Le fecours des réflexions ;
Fiérement fots prodiguant la jactance,
Prônant la fecte, & trouvant l'évidence
Dans le cahos de fes affertions ;
Permettant tout à leur audace extrême ;
Près d'eux au fanatifme ouvrant un libre accès;
Fauteurs ardens d'un horrible fyftême *,
Flattés d'en voir le facile fuccès ;
Doublement révoltés contre ta loi fuprême ;
Joignant les horreurs du blafphême
A l'opprobre de leurs excès.
LA gloire de l'efprit fut fur-tout ma manie;

* Le livre du Syftême de la Nature.

Seule elle eût pu remplir mon cœur ;
Rien ne me parut dans la vie
Plus méritant ni plus flatteur :
Je croyois que tout grave auteur,
Sans cet esprit qui nous enflamme,
Ne faisoit que glaner dans le champ de l'honneur ;
Et voici les conseils dont l'adroit tentateur
Ne cessoit d'embrâser mon ame.
« VEUX-TU briller ? mets de l'esprit par-tout :
» C'est par lui que tout s'apprécie ;
» C'est à lui seul qu'un auteur sacrifie ;
» Rien, en effet, dont on ne vienne à bout
» Par son pouvoir ou sa magie.
» Sois méchant avec art, sois absurde avec goût ;
» Des fleurs du style orne ton impudence ;
» Sois sûr de plaire : on rit de la licence,
» L'audace disparoît, & l'esprit vous absout.
» Du sel piquant d'une fine tournure
» L'admiration se nourrit ;
» Une vérité toute pure
» Vous rebute, vous affadit.
» Que le livre de l'Ecriture
» Soit parmi nos lettrés à jamais interdit :
» Garde-toi de cette lecture ;
» On n'y tient point, on y périt.
» Point de venin, point d'imposture
» Dans l'Evangile si vanté ;
» Point d'emphase, point d'art, point de style apprêté,
» Point de brillant, pas la moindre teinture
» De cet esprit dont le sage est flatté ;

B iv

» Livre qui de vos mœurs préfente la peinture;
» Livre odieux : celui qui l'a dicté,
» Sans goût & fans littérature,
» D'aucune paffion femble n'être agité :
» C'eft un enfant guidé par la fimple nature ;
» Hélas ! c'eft la candeur, c'eft la fincérité,
» Et de l'efprit chrétien l'éternelle pâture.
 » J'aime cent fois mieux, je te jure,
 » L'amufante frivolité
 » Et la libre légéreté
 » Que vous préfente une brochure;
 » Ou la favante obfcurité
 » Et la correcte bourfoufflure
 » De ta digne fociété,
 » Que la trifte fimplicité
 » Et la fade uniformité
 » D'un auteur fans fel, fans enflure,
 » Qui, content de la netteté,
 » N'ofe étaler d'autre parure
 » Que celle de la vérité ».
C'ÉTOIT ainfi que l'ange de ténèbres
Me flattoit de l'efpoir du plus brillant deftin,
 Marquoit mon nom parmi les noms célèbres,
Et fur moi de l'efprit diftilloit le venin.
CE n'étoit pas, grand Dieu ! cet efprit qui raifonne,
 Qui nous éclaire, nous conduit,
Que la décence règle & jamais n'abandonne ;
 Qui de nos devoirs nous inftruit,
Que l'agrément quelquefois affaifonne,
Qui nous amufe, & ne bleffe perfonne,

Que la vérité guide & que l'eftime fuit;
Mais cet efprit faillant qui brille, éclate, étonne;
     Qu'un faux goût chez nous a produit,
     Qu'une vaine gloire environne,
     Dont la fuffifance eft le fruit;
     Que le fiel fouvent empoifonne,
   Qui mord toujours, & jamais ne pardonne,
     Mais qui nous charme & nous féduit;
     Que le tems tôt ou tard détruit,
     Et que notre fiècle couronne.
Je ne cédai que trop à la féduction;
     Et, fans me faire violence,
Fiérement acharné contre ma nation,
En François du bel air, je méprifois la France;
     Tout dans l'Etat, dans la Religion,
     Fut le but de mon infolence.
     Ces procédés de ma libre impudence,
     Dont aujourd'hui je fens toute l'horreur,
     Je les croyois l'effet de ma prudence,
       Dont je voulois me faire honneur,
Et dont je vis pour moi l'heureufe conféquence.
Ce ton tranchant, cette fière affurance,
Frappoient d'abord, parloient en ma faveur,
     Et me donnoient, fous le nom de cenfeur,
       Je ne fais quel air d'importance;
   On m'écoutoit, & je m'enflois le cœur.
       Quelque Efprit-fort, quelque Docteur
       Approuvoit-il mon arrogance?
Je me livrois alors à toute ma fureur,
       Je mordois avec complaifance;

Et plus je vomis de noirceur,
Plus je crus aux yeux du lecteur
Mettre ma gloire en évidence.
LA vérité ne me guida jamais :
Avec les rois, suivant la conjoncture,
J'étois en guerre ou je vivois en paix,
Et prodiguois ou l'encens ou l'injure ;
    Mais de mon adroite imposture
    Je ménageois si bien les traits,
    Dans l'éloge ou dans la censure,
Que plus ils étoient faux, plus ils paroissoient vrais.
    LE fiel, l'erreur & le caprice
    Déterminoient mon jugement ;
    J'étois applaudi par le vice,
Mais la saine raison me blâma constamment :
    Quand je mordis trop vivement,
    Elle sut se faire justice.
    Le mépris, le ressentiment,
    Et quelquefois le châtiment,
    Furent le prix de ma malice.
    TOUJOURS jaloux & toujours dangereux,
Quand je me vis ravir la palme du génie,
    De tous les serpens de l'envie
Je fis entendre au loin les sifflemens affreux ;
    Les hurlemens de ma furie
Etoient de mon dépit les accens douloureux.
En vain mes concurrens étoient-ils malheureux ;
    Je les noircis pendant leur vie ;
    Et ma haine, avec soin nourrie,
    Expiroit à peine avec eux.

Lorsque je lançois l'épigramme ;
Mon intérêt se calculoit tout bas ;
Je disois au lecteur dans le fond de mon ame :
Tels sont des sots, & c'est moi qui les blâme ;
Donc je ne leur ressemble pas.
Je ne vis point le ridicule
Qu'eût pu m'offrir ce tacite argument ;
L'homme se mécompte aisément,
Lorsque sa vanité calcule :
Je crus mon lecteur trop crédule ;
Les vapeurs de mon fiel troubloient mon jugement.
Quand on me fit sentir quelques traits de vengeance ;
Quoique d'abord j'en parusse étourdi,
Loin d'arrêter mon insolence,
Je n'en devins que plus hardi ;
Je savois par expérience
Qu'un sot qui sait médire est toujours applaudi.
Je vantois des auteurs qui m'aduloient sans cesse ;
L'encensoir voltigeoit au gré de nos souhaits :
A ma honte je le confesse,
Leur vain encens eut pour moi mille attraits.
Ils prônoient mon esprit, mon savoir, ma sagesse ;
Leurs élans, leurs tranfports ne tarissoient jamais :
Je méprisois & j'aimois leur souplesse ;
Je devois du retour, ils furent satisfaits ;
Jamais homme en mentant n'eut plus de hardiesse :
Je croyois me servir, en flattant leurs portraits ;
Mon perfide pinceau déguisa tous les traits ;
Il exalta leur petitesse ;
Il habilla leur phébus en noblesse ;

Mon art fit voir tout bon, quand je vis tout mauvais ;
Et cette misérable espèce
Dans mes tableaux figura sous le dais.
Pardonne-moi, grand Dieu ! cette indigne bassesse ;
Je crois devoir la mettre au rang de mes forfaits.
La vengeance en mon cœur ne put jamais s'éteindre ;
Elle fut prompte à l'enflammer ;
Elle y grava des loix que je craignis d'enfreindre ;
Et quoique la raison vînt pour me désarmer,
Je préférai toujours, ne pouvant me contraindre ;
Aux moyens de me faire aimer,
L'art cruel de me faire craindre.
Dieu tout-puissant ! Dieu créateur ,
Par qui mon être eut le noble partage
D'une raison, d'un esprit & d'un cœur ,
Présens divins, dont je dus faire usage
Pour connoître ici-bas ta bonté, ta grandeur ;
Pour t'aimer, pour te rendre hommage,
Et pour préparer mon bonheur !
Je rejetai ce sublime avantage ;
Je n'éprouvai tes dons que pour te faire outrage ;
Je renonçai mon bienfaiteur,
Et je voulois passer pour sage ;
Mon délire à ce point tenoit de la fureur :
Je persifflois ton auguste langage ,
Je canonisois mon erreur,
Je défigurois ton image ,
J'étois flatté de faire horreur.
Vrai Dieu de paix ! avec quelle constance
Tu supportas mes excès odieux !

Si ma nature eût mis en ma puiſſance
De me voir tel que je fus à tes yeux,
J'euſſe frémi de ma préſence.
Quelle eſt, Seigneur, notre horrible démence !
Nous cenſurons tes décrets ſouverains,
Pour nous ſouſtraire au joug de la reconnoiſſance ;
Nous ſemblons provoquer les coups de ta vengeance ;
Et, ſenſible au ſort des humains,
Ton cœur craint d'étouffer la voix de ſa clémence ;
La foudre s'éteint dans tes mains,
Et laiſſe agir ta bienfaiſance.
J'éprouvai mille fois ta divine aſſiſtance,
Mais mon orgueil ſe révolta toujours ;
Il méconnoiſſoit ton ſecours,
Et te voloit l'honneur de mon intelligence.
Tout m'annonce aujourd'hui ta ſouveraineté ;
A t'adorer, grand Dieu ! je ſens que tout m'engage ;
Je ſuis l'objet de ta bonté,
Tu dois l'être de mon hommage :
J'en dois ici le témoignage ;
Ma bouche s'ouvre enfin à la ſincérité.
Avec quel air de dignité
La Religion t'enviſage !
Quelle grandeur ! quelle ſublimité !
Tu dis, le monde eſt enfanté ;
Tu formes l'homme à ton image,
Et tu veux le former pour l'immortalité
Dont la mort n'eſt que le paſſage.
Ton pouvoir eſt illimité ;
Sous ta main, la nature eſt comme en eſclavage ;

Prête à subir ta volonté ;
Tu lui donnas ses loix, son uniformité ;
Tu peux, maître de ton ouvrage,
En déranger la régularité.
Le tems perd devant toi sa volubilité ;
Tu vois son cours, qui vole d'âge en âge,
Comme un instant constamment arrêté.
Par ton bras tout-puissant l'univers est porté ;
Rien ne se meut sans ton suffrage ;
Je vois dans ta divinité
De tous les biens la source & l'assemblage :
Ton essence est la sainteté ;
Ta parole est la vérité ;
Tes jugemens sont l'équité ;
L'indépendance est ton partage ;
Ta mesure est l'immensité ;
Tes bornes sont l'éternité,
Et nos cœurs sont ton apanage.
VOILA les vérités d'où j'attends mon bonheur ;
Voilà l'espoir où je livre mon ame,
Et qui soumet ma raison & mon cœur :
Ta grace luit, la ténébreuse erreur
Fuit, & le cède au feu qui m'éclaire & m'enflamme.
DE ton souffle constant viens nourrir mon esprit !
Le flambeau de mes jours n'est pas loin de s'éteindre ;
Grand Dieu ! rassure un cœur contrit
Contre un sort affreux qu'il peut craindre !
A toutes mes horreurs je me crus obligé ;
Ta loi, ta juste loi me parut trop sévère ;
Par le feu des desirs sans relâche assiégé,

Je crus impunément pouvoir les satisfaire ;
Je vantois le bourbier où je m'étois plongé ;
    Ma fierté masquoit ma misère :
Orgueil ! vice cruel, racine trop amère !
Je te dois tous les maux dont je suis affligé !
    Mais, las enfin de te voir outragé,
Tu crus devoir lancer les traits de ta colère :
    J'ai reçu mon digne salaire ;
    Mes vices mêmes t'ont vengé.
CETTE foule d'amis jadis si pleins de zèle,
    Dont la bouche annonçoit un cœur ;
Ces prodigues des mots d'*humanité*, d'*honneur*,
De *vertu*, de *raison*, de *devoir*, de *candeur*;
    Cette insidieuse sequelle,
Qui vouloit sur mes jours établir son bonheur,
Aux loix de la pitié troupe aujourd'hui rebelle,
    Fait tomber son masque imposteur,
    Méconnoît la voix qui l'appelle,
Et s'épouvante au cri de ma douleur.
Monstres voilés ! engeance criminelle,
    Que le plaisir m'avoit soumis,
Où font les sentimens que vous m'aviez promis ?
Je suis donc tout entier à ma langueur mortelle !
Tout le mal qu'à vos yeux je puis avoir commis,
    Est mon impuissance actuelle :
J'en fais, hélas ! l'épreuve trop cruelle ;
    Plus d'intérêt, & plus d'amis.
MALGRÉ l'horreur dont mon ame est saisie,
Grand Dieu ! pour ces ingrats j'implore ta bonté !
    C'est à ma sotte vanité

Que j'impute leur barbarie ;
Et je subis un sort que j'ai trop mérité.
Aux principes de la cabale
Je me plus à former ces ardens nourrissons ;
Leur cœur avidement de ma voix infernale
Ecouta les horribles sons :
Contre moi les méchans ont tourné ma morale ;
Et je goûte aujourd'hui le fruit de mes leçons.
Je te bénis pour le mal qui m'accable ;
J'ouvre les yeux, & j'adore ta loi :
Tu jettes sur mon cœur un regard favorable ;
Et ta miséricorde y vient calmer l'effroi
De ta vengeance redoutable :
Tel pécheur endurci peut souffrir moins que moi ;
Mais son sort est plus déplorable.
C'est ainsi, Dieu Sauveur, digne objet de ma foi !
Que ta main toujours adorable
S'appesantit sur nous pour nous mener vers toi.
Sois-moi toujours aussi propice ;
Par les maux que je sens rassure mon espoir :
Je vais finir des jours trop flétris par le vice ;
Mais cet aveu de ma malice,
Le repentir, l'amour & le devoir,
T'en offrent l'humble sacrifice ;
Grand Dieu ! daigne le recevoir !
Et que ton souverain pouvoir
Remette à ta bonté les droits de ta justice !

Potes namque omnia. Æneïd. Lib. VI.

FIN.

www.ingramcontent.com/pod-product-compliance
Ingram Content Group UK Ltd.
Pitfield, Milton Keynes, MK11 3LW, UK
UKHW021200140726
13695UKWH00005B/2255